三角みづ紀詩集

森の生活

ひとりでは
三つ編みが結えなくて
母にゆだねている日々

あたらしい制服は大きい
すぐにぴったりになると
皆が口をそろえて言った

膨らんでいく身体は
焼き上がるのを待つ、
どこにでもあるケーキ。
ほっといても、
育っていくヒヤシンス。

でも　わたしはそんなに簡単じゃない
でも　わたしはそんなに複雑でもなくて

わたしに貼りつく名前を
剝がしてみたら
なにものでもなくなって

三つ編みを揺らして
ひとりで俯いて
学校へ向かう

濃い緑のスカートを震わせて
三つ編みを揺らして

とてもよく晴れた日に
一本の木になって
森のなかにまぎれこんでいくのだ

もくじ

装丁　鈴木千佳子　　画　塩川いづみ

どこにでもあるケーキ

孵化する日まで

教室に卵が並んでいる
きれいに陳列していて
ここは冷蔵庫だ

同じ服を着て
似たことを考えて
かたい殻で覆って
ほんとうはとても脆い

窓のそとに視線をやると
雲ひとつない空に飛行機雲
たったひとつが線を描いていた

わたしは皆とはちがう
全員がささやかにあらがう
でも完全にちがうのはこわい

先生が黒板に数式を書いている
先生も昔は卵だったのだろうか

チャイムが鳴るまで　息をひそめて
等しく細胞からなっているわたしたち

途方に暮れながら
平然として

埋葬の日

小学校の
卒業式の帰りに
庭の　ぐみの木の近くに
タイムカプセルを埋めた

手紙や　写真や
ほうむった記憶

クッキーがはいっていた缶に
しっかり　おさめて
しっかり　蓋を閉めた

ぐみの木に
楕円形の赤色が実って
摘んでは口に放りこむ
罪の味がする

待ちきれなくって
家族が出かけたら
スコップを　持ち

埋めたばかりの
タイムカプセルを探す

見つからなくなった缶の
輪郭すら　おぼろげで
あの手紙は遺書になる。

庭中が　穴だらけになっても
わたしの一部は隠されていて

熟した実が
触れただけで、弾ける

春と獣

起きたら
貪欲な獣になっていた
誰とも会いたくなくて
きょうは体調がわるい　と
嘘をついた

快晴だから
なおさら腹立たしくて

父と母が仕事へでかけたら
カーテンを閉めきった

ふくらんでいく胸や
伸びつづける髪に嫌悪して
冷蔵庫のケーキを勝手に食べる
わたしほど貪欲な獣はいない

はやく完全な大人になりたくて
あるいは幼いころに戻りたくて
特徴のない　痩せっぽちの少女
こんなにつまらないものはない

わたしのいない教室は
なにも変わらず
とどこおりなく進むから

わけもなく
わけがあっても
嗚咽が漏れだす
庭の花々が香りになって漂い
いつまでも
獣のわたしを包みこもうとしていた

花占い

帰宅途中の
坂をのぼる
手前の野原で
いつも花を摘む
わずかな母への贈り物

シロツメクサ
ツユクサ

ナノハナの黄色
朝顔は夕方にはしぼんでしまう
昨夜から母と話していない
わたしのなかの
獣が暴れていて
黒ずんだ尾が伸びつづけ
言葉さえ　かすめとる

自転車を停めて
いちまいいいちまい花片を
躊躇なくちぎって数える

雲ひとつない
夕暮れのなかで
しぼんだ朝顔になる

ロートの日

雨の日は自転車に乗れないので
仕事へ向かう父の車で
学校まで送ってもらう

傘を手渡されたから
ありがとう　と呟く

父の傘をささないまま

ざあざあ降る雨のもと
校庭をゆっくりと歩く

この雫は
空からやってきて
したたって
地面に戻って
蒸発して
いつか　また降るだろう

ひとつぶ一粒が
妙にあたたかい

ありがとう　には理由がある
ごめんなさい　には理由がないときもある

全身に浴びたそれらへ
ごめんなさい　と呟き

この身体を濾過した水は
どこかへいけるだろうか
わたしも降る雨になるだろうか

いつもの長い夜

夕食をおえてから
母が丁寧に紅茶を淹れる

そろいのティーカップと
バラの絵のティーポット
父が仕事先でもらってきた
どこか　外国のクッキーも
テーブルに　置かれていく

無口なまま
テレビを観ていたら
どこか　外国では大量にひとが死に
どこか　外国では教会が燃えていた

ますます無口になって
紅茶を飲み干したら
その　どこか　を考える

部屋に戻って辞書をひく
どこか　には

わたしと同じ中学生の
女の子もいるんだろう
同じような制服を着た
同じような背丈のひと

お向かいの犬が吠えている

夜の鳴き声は
夜を長くする

チョーク

かすれて
ずっと旅をしてきた貝殻が
白く形成されている

触れたあとは
きまって不快だ
海と陸の生き物

季節はずれの海岸で
裸足で湿った砂を踏み
ぎゅうぎゅうと鳴る音
教室の皆が
うしろすがたを眺めている

黒板に綴りながら
いつのまにか　わたしは
幼い子供になって
コンクリートに波を描く

わたしたち

IZUMI

ずっと漂流しているのだ
濡れたタオルで
親指と人差し指をぬぐう
もう凪いでいる

チャイムが鳴ったら
いっせいに席を立つ

夏至の日

制服のシャツが
長袖から半袖に変化しても

あしなみは変わらず
わたしは相変わらず
三つ編みのままで
汗をぬぐうハンカチだけは
黄色の水玉模様に変化した

退屈が口ぐせの生徒や
うたたねをする生徒や

季節に忘れられた
わたしたちの
ありあまる感情だけが成長していく

初夏の光にせかされて
支度は足りていなくて
半袖のシャツの裾から
こぼれおちていくもの

意図しない成熟は残酷だ

そのうち
わたしたちは
頬を赤く染めて
無造作に収穫されていく

蟬が羽化するために
いまかいまかと夕方を待っている

プラネタリウム

あの子の顔には
星が散りばめられている
まっすぐ見ると
眼が痛くなるから
いつも直視できない

自転車で帰宅していたら
あの子に追い越される

何か言って　手を振って
一瞬のことだから
いつも流れ星だ

寝つけないでいたら
母がホットミルクをさしだす

ベッドに横たわって
あの子を思いうかべたら
天井が星で満ちる
眼が痛くなるから
あわてて瞼をとじた

脳裏も満天で
明日もあの子に会うだろう

あの眩しさを
直視できない

明日は三つ編みじゃなくて
ポニーテールにしてもらおう

湖の生活

たゆみなく
生きる練習をしている
やすみなく
成熟する稽古をしている

わたしたちは　しだいに
演じることに慣れていく

屋上から落下したら
制服のスカートが
パラシュートになって
また日常に帰結する

日が照りつける午後
あくびを　こらえて
紺色の水着にきがえた

澄んで　風で波打ったプール
ほのかに塩素のにおいがする

ひっきりなしに
飛びこんでいき
紺色であふれた水面

かぎりある青さがつまらなくて、

わたしは
息をひきとったふりをして
ぽっかり浮かんで湖になる

光を放つものたち

渡ろうとした信号が
のきなみ点滅する
もうじき夏休みだ

今夜は流星群が見られるって。
みんな　そわそわしている
先生だって　見るんだろう

二階のベランダで
ひとりで待機していたら
父と母が階下から名前を呼ぶ

玄関先の高い高い梅の木
まだ成長しない檸檬の木
実を落とした枇杷の木たち

家の前の
急な坂の
アスファルトに三人で寝ころぶ

ひんやりした背中
視界は夜空で
いくつか星が
線をえがいた

顔を右に向けて
父と母の表情を確認する

真剣な夜に　穏やかな顔で
この瞬間を
わたしはいつまで覚えているだろう

ケーキの赤ちゃん

白く小さなケーキの箱に
ふるえる虎模様の子猫
瞼がくっついていて
怪獣みたいに泣いた

帰り道に拾った猫を
そっと玄関に置いて
何度でも息をたしかめる

困っている父と
家族が増えることに
よろこびを隠せないわたし
動物を飼うことに反対する母は不在で

まだ玄関で泣いている子は
動物じゃなくて家族だから
名前をつけなきゃいけなくて

夏の終わりに
けたたましく鳴く蟬は

音になって降りそそぎ
世界はまだまだ続くのだと教えてくれる

いまにも壊れそうな息は
しっかりと生きているから
これから死ぬものも
これから生きるものも
大声をあげている日に。

とらちゃん、おかしちゃん、しましま、ぽっぽ
鳴き声が一瞬やんだ

世界地図

ずっと前から
リビングに飾られている地図
父が貼ったのか
母が貼ったのか
わからないけど
知らない国を

凝視してみる
凝視したって
そこには行けない

わたしにとっての地球は
一枚の紙で　できていて
惑星だなんて
疑ってしまう

そっと、東から西を指でなぞってみる

これで世界一周は完了した。

どこにでもあるケーキ　三角みづ紀

こんにちは。
本書を手にされたみなさんに
三角みづ紀さんの
いくつもの詩をお贈りします。
オンラインでの三角さんとの
詩の読書会もご案内します。

下に置いたQR コードまたは
「ナナロク社 note」を検索
でいらしてください。

ナナロク社より

わざとらしく
ひとりごちた

背伸びしても追いつかない
つまさきが触れる
あしもとは地球で
はじまりもおわりもなく
回転しているのだって

目をとじたまま

あてずっぽうに触れたら

そこは北極海だった

今日の宿題は
数学と英語で
ノートをひらきながら
世界を監視している夜

ステンドグラス

給食をたべながら
昨夜みた夢の話をする

また宿題を忘れて怒られた
冷蔵庫のなかで魚が泳いだ
コーンスープの海で溺れた

わたしは

黒い布をまとって
砂漠をさまよっていたのだが
なんだか言えなくて
たしか青い花束も抱いていて

机をくっつけて
四人でひしめきあいながら
今日のお昼はナポリタンと
ほうれん草のソテーと牛乳
みんな同じ長さのスカート

教室では活発に

ちがう声が飛び交って
色を持って踊っている

てのひらをさしだしたら
虹色に照りかえしていて
昨夜の砂もあふれている

昼休みのまどろみが終わったら
新しい夢をみたまま掃除をする

時間の模様

昼休みに
がらんとした理科室にしのびこんだ

化石になったものたち
かつて生きていたものたち
何も発さずに
無口なまま並んでいる

サンゴ、サンヨウチュウ、ピカリア

呟いてみたら
おまじないが響いて
アンモナイトのうずにのみこまれる

かつて生きていたものが
ガラスケースのなかで
ずっと眠ったまま
いまも起きない

校庭から歓声が聞こえて

音楽室からは合唱の歌声
この耳を　切り落として
アンモナイトと交換して
わたしがガラスケースのなかに陳列したら
誰かが
泣くのかな

死んだことがないから
死ぬことがとてもこわい

とむらう

家の向かいの
その隣の家には
誰も住んでいなくって
ぶあつい木の蓋と大きな石で
しっかりと閉じられた井戸がある

時折しのびこんでは
かき集めた石を投げこんだ

だぽん　と
飲みこまれた音がするから
この井戸は食いしんぼうだ

ずっと前から　いまだって
こっそり　しのびこんでは
些細な感情を　投げいれる

友達と喧嘩した日
父に怒られた日も
全部　このなかに

今日はお葬式みたいに
コスモスを摘んできて
静かに井戸にほうった

わたしの感情に
音もなく花片が沈んでいく

井戸のなかで
もうひとりのわたしが
同じ速度で成長していて
いつか手招きをする

見せてあげる

ぽっぽの世界は
あまりに　狭い
白いケーキの箱と
この家しか知らない

でもぽっぽは猫だから
散歩に連れていくのも
ちょっとおかしい

黒いパーカーのフードにいれて
ぽっぽと公園までお散歩する
頭の後ろで情けない声で鳴く

ほんとうに怖がりな猫
不安定に　揺れるから
わたしの首も痛いけど

まもなく冬の道は
落ち葉を踏んで歩く
靴の底が愉快で

ぽっぽ　これがわたしの通学路です

その通学路を逸れて
一緒にブランコに乗りたかった

あんまり怯えるし
母に怒られるから
自動販売機のところまで行く

マチネ

街路樹の葉っぱが
帰宅の道をあでやかに彩っている

ふと　自転車をとめて
いちまい一枚ひろいあつめる

かえでの赤色や
いちょうの黄色

破けないように
たいせつに持ち帰り
ぶあつい辞書に
重ならないように
はさみこんでいく

翌日の昼下がり
そっと辞書をめくったら
難しい漢字に耐えながら
葉っぱが
きれいな形を保っていた

幼稚な宝物に動揺して
さらに　ひろいあつめたくて
団地をすぎた丘の上へ
自転車をはしらせる

肌寒い空気が
いよいよ秋の到来を告げて
高台まで一気にかけぬけた

ビルに　はばまれて
確認できないものの

地平線が
この町の彼方にあり

空と大地のさかいめを目前にして
土曜日の舞台が一瞬だけ静止して
葉っぱが乾いた音をたて宙に舞う

投影される光景が輝いて
わたし　この町が好きかもしれない
もしかしたら好きなのかもしれない

屋上の動物園

わたしの背中には羽がある
なのに使い方がわからない

教室で
規則正しく　まっすぐ座っている
皆の背中にも　きっと羽があって
おなじく使い方がわからないのだ

うすい灰色をした　カーテンは
秋の心地で無責任に揺れている

うろこ雲がはりついた空
ペンギンは鳥だけど飛べない。
先生が　説明している
わたしたちは
ペンギンなのかもしれない

とりとめなく思案していたら
ひとりひとり席をたちはじめ
屋上まで一列になってすすむ

飛べない鳥が連なって
わたしたちは
できそこないじゃない
いまもって無知なだけ

並んで
屋上から町を見下ろす
飛べないわたしたちは
ひたすらに見下ろしていた

アイボリー

肌寒さが投函されて
渡すことのないだろう
マフラーを編んでみる

やさしい
おひさまの色
編み物の本とにらめっこ

うら、おもて、うら、
それらのリズムをとって
不器用な指揮者になる

渡すことはないけど
渡したい　きみへの
息づかいを　混ぜて

おもて、うら、おもて、
裏表なんてわからない
きみに渡せたらいいな

きみ　という言葉が
照れくさくって
眉間に皺がよる

母がこちらを
ちらちら見ながら
朝食のパンを焼いている

インクブルー

背伸びをした万年筆
よっぽど文房具屋の
すみっこで忘れられて
埃をかぶっていたもの

プラスチックの高級な細さ
悩まずレジへ持っていった

わたしの　星座線が
どこまでも結ばれる

つたない文字も
きちんと意志を持つ
原稿用紙に詩を書いた

手加減がわからない筆圧の
手加減をおぼえたいから

日曜日の昼下がり
のどかな時間が

暗くなったら夜になる
引き出しのなかで
音もなく光る
ほんの一本に
わたしが導かれて
シリウスは南の空にある

音楽室

ピアノの椅子に
慎重に腰掛ける

校庭であそぶ同級生の声が
過去みたいに遠ざかっていく

冬が窓ガラスを鳴らして
やわらかい陽光の日に

弾けないピアノに
ぽろぽろ　触れた

吐く息は白くって
ああ　わたしは生きているし
これからも生きていくのだと
明確に　曖昧に　感じる

人さし指で白鍵を押さえて
中指で黒鍵を押さえて
おおげさに
なるべく響くために

わたしはここにいる
わたしはここにいるって
幾度も音になって
くりかえし主張する

あの子に届くまで
脈拍を奏でていた

眠れない夜に

祖父母の家は
この町から遠くて
ずっと北にあって
庭にはずいぶん立派な木もある

堂々とした山脈は
雪化粧をまとって
はだかになった木々が

骨みたいで怯えていた日々

長いあいだ訪れていない
祖父母の家には
かつて祖父母の
父と母が住んでいて
その前には祖父母の
父と母の父と母が住んでいて
どこまでもつながる血が
わたしの身体にも流れている
おわらない雪原が反射して

眼球に踏みこんできた日々

あの庭の木の
種や根や幹や枝が
家系図だとしたら
少女のわたしは
雲に触れそうな
たよりない先端

こころもとなく揺れて
空に手を伸ばしている

とりとめなく思考する枕元に
祖父母の雪がたえまなく降る

絵具をこぼす

洗濯ばさみで鼻をつまむ
とても痛いし
かっこわるいから
毛布をかぶって隠れる

おこづかいを持って
コンビニエンスストアで
真っ赤なマニキュアを買った

金曜日の夜に塗ってみて
日曜日の夜に
つんとした液体で落とす

なにもかも下手だから
爪に赤く　残っている

英語の時間に
両手をひらいて
ノートにかざして直視する
給食で食べ残したジャム

あたたかくなる前の陽光
前の席であいちゃんの髪が
さらさらと風になびいていて
そっと低い鼻をつまんで
なにもかも下手なんだ

わたしの木

花水木は、わたしの木
名前の由来になっている

満開の季節に
ほこらしくて

駅前の街路樹が
四つの苞で充ちるとき

すれちがうひとたちに
自慢したくなる

あれは、 わたしの木

庭に　桃色と白色の
花水木を植えてもらう
まだまだ子供の木たち

学校へ行く前に
かならず成長を確認して
ぽっぽに教えてあげるんだ

ほら、
あれはぜんぶ
ぜんぶ　わたしの木
木陰で一緒にうたたねしよう

キルト

針をもって
こまやかに
布を縫っていく
薄いきれはしが
はなやいでいく

折り鶴も折れない
不器用なわたしは

紅茶を飲みながら
ひたすら眺めている

母の指は
一端を担う魔法の指で
どこまでも続く図形を
飽きずに　いくえにも

そうやって　わたしも縫われた
配置されて　生まれてきたのだ
母の作るものよりも
質が良くないけれど

完成、と声にだして
おおきなパッチワークをソファにかける

そんなに緻密には
日々をおくれないから
待って　と
お願いもできなくて
仕上がった布に身をゆだねた

春分の日

近所の美容室で
ばっさり　髪を切った
はじめてのショートカット

教室のドアをあけて
定位置に　着席する

とりわけ

この髪型について
声をかけてくるひとはいなくて
先生にからかわれたくらい。

綻んでいく蕾の顔をした
おちつきのない皆と
明るみに躊躇して
咲こうとしないわたしがいて

こころもとない三月
遅すぎることはないってでためだ
遅すぎるから何度でも乗りおくれる

うららかな教室が
汽車になって前進する

髪を切っても
わたしはわたしと交代せずに
駅のホームに置き去りになる

ソワレ

一面のグレー
曇天のなかを
あてもなくバスに乗る
まもなく日が暮れる
海が見たい　ただそれだけ
幼稚だって　笑われるかな

ざくざくと刻まれていく

毎日がやわらかい戦場で

幕をおろすと
声をもらして
もう何もない
夜はうしろめたさも皆無で

はだしで砂浜を歩く
くるぶしまで
ざらついて
持て余したときを
持て余したままに

貝殻をひろって
ポケットにいれる
ひとりきりの海の記憶

こまやかな砂は
そのうち頭上から落ちてきて
首もとまで埋まるだろう

そうなったら
世界をひっくりかえして
何度でも、はじめからやりなおせばいい

貝殻がぶつかりあい
ほのかに騒いでいる

おそらく
わたしは幼稚だから
わたしは認めるから
ぜったい笑わないで

夜が更けても
ひとりきりで海を見ている

しめった砂が回転して

何度でも世界は
やりなおせる

空の生活

ひどく寝不足のまま
急いで自転車を漕いで
坂道をくだっていく

はずみで　宙に浮く
そのまま漕ぎ続けて
雲の上に　到達する

あわてているのに
あわてていない

スカートがはためいて
通学路を見下ろす
そのうち
海面が見えてきて

ひとつの船が線を描く
たったひとりで進んで
あなたも、わたしだね

すべてがどんどん小さくなって
わたしもどんどん小さくなって
ちらちらする反射の上を
自転車は進んでいく
この孤独は柔らかい

やがて太陽にたどりつくころ
わたしはすっかり風化して
骨になってしまうだろう

眠りたくない

真夜中の廊下は果てしなくて
くらがりに誰かが住んでいる

毛布にくるまり
朝を待っている
こっそり
お菓子と本をしのばせて
懐中電灯で照らしている

深夜0時をすぎたら
時計の音は大きくなる
いじわるだと思う

得体の知れないものが
ひたひた部屋の前を通り
母だろうか
母だろう

真夜中は増幅して
その正体を知りたい

重い瞼をこじあけて
飴玉を口に入れる

夜は
大人たちだけの時間じゃなくて
わたしたちのものでもある

とおくサイレンの音がする

図書室

授業中は
ずっと息をとめていた

放課後の図書室で
数字だったり
音符だったり
歴史だったりを
しずかに吐き出す

こうやって毎日、抵抗している

なにかになりたい
でも
なにかがわからない

希求して
本棚から
つぎつぎと本をとりだす
ページをめくる

どこかの誰かの物語に満ちた部屋で
わたしは
どこかの誰かになっていく

夕暮れていく部屋が
ひろがっていき
その色に身をひたせば
いまにもたどりつきそうで

下校のチャイムが鳴るころには
わたしは微塵もなくなっている

曇り硝子

わたしの小さな部屋は
ぜんぶ、すりガラスで
できている

壁も　天井も　床も
ぜんぶ、すりガラスで
できていて

猫になって丸まるのに
適した　小さな部屋だ

ちゃんと透明じゃないから
皆の視線をさえぎられるし
つよい日射しも
やわらかくなる

この小さな部屋を
つくったのは
わたし自身で
どこででも　猫になって

丸まることができるから
普段から持ち歩いている

今日は
草原のまんなかで
すりガラスのなかで
自分の呼吸だけが聞こえていた

永遠に　こうしていたいが
誰かを隔てるためではなく
毎日　産まれるためにあるから
ざらざらとした表面をなぞった

ガラス越しに
皆が眺めている
あの子の姿もある
明日は誕生日で
わたしは十四才になる

あとがき

十三歳のわたしは、繊細で、ひどく図太くて、ひどく鋭敏だった。三十八歳のわたしが十三歳になって詩を書こうとしたら、同じく繊細で、ひどく図太くて、ひどく鋭敏だったので驚いた。ひとってそんなに変わらない。

昨年の冬、北海道の十勝にあるホテルヌプカにこもって、わたしは十三歳になっていた。ヌプカは帯広駅前にあるのに、空のカーテンみたいに山脈がひろがっているのを眺めることができる。その光景は幼いわたしのなかにもぐりこんできた。

それから春まで、わたしは幾度となく十三歳に戻った。戸惑いつつ抗い続けていたあの頃に。二十五年経ったいまでも、自分がなにものかがわからない。けれど、なにものかがわからなくても構わないのだって、いまは思う。

特別でない日にお菓子屋さんに立ち寄る。硝子越しにケーキが陳列している。どこにでもあるケーキを、指さして注文する。お会計をして帰宅し、珈琲とともに食す。

そうやってわたしは、指をさして、選んで、食べる。選ばれないときもある。それでもいいのだって、いまは思う。

花の咲きほこる札幌にて

三角みづ紀《みすみみづき》

詩人。1981年鹿児島県生まれ。東京造形大学在学中に詩の投稿をはじめ、第42回現代詩手帖賞受賞。第1詩集『オウバアキル』にて第10回中原中也賞を受賞。第2詩集『カナシヤル』で南日本文学賞と歴程新鋭賞を受賞。書評やエッセイ執筆、詩のワークショップもおこなっている。朗読活動を精力的に続け、自身のユニットのCDを2枚発表し、スロベニア国際詩祭やリトアニア国際詩祭に招聘される。2014年、第5詩集『隣人のいない部屋』で第22回萩原朔太郎賞を受賞。16年、第7詩集『よいひかり』、翌年初のエッセイ集『とりとめなく庭が』を小社より刊行。本書は第8詩集となる。美術館での言葉の展示や作詞等、あらゆる表現を詩として発信している。

どこにでもあるケーキ
2020年8月20日　初版第1刷発行
2020年9月25日　　　第2刷発行

著　者　三角みづ紀
　画　　塩川いづみ
装　丁　鈴木千佳子
発行人　村井光男
発行所　株式会社ナナロク社
　　　　〒142-0064　東京都品川区旗の台4-6-27
電　話　03-5749-4976
FAX　03-5749-4977
URL　http://www.nanarokusha.com
印刷・製本　中央精版印刷株式会社

ISBN978-4-904292-95-2 C0092